JULIA ENGELMANN

Die Welt mit deinen Augen

GOLDMANN

Buch

»Wenn mir Regenbogen wie Graustufen erscheinen,
denk ich daran, wie du gesagt hast:
›Schau dir diese Farben an!‹,
und alles wird wieder bunt.
Du hast dich gefragt, was bleiben wird:
Ich sehe die Welt mit deinen Augen.«

In bewegenden Gedichten spürt Julia Engelmann dem Glück und den großen und kleinen Fragen des Lebens nach: Woran denkst du? Wer sind wir? Wie gehen wir mit Neuanfang, Sehnsucht und Veränderung um? Wie finden wir neue Blickwinkel? Aus ihren Versen erklingt die Botschaft: Das Leben ist einzigartig, es gibt so viel Wundervolles zu entdecken, also lass uns gemeinsam um die Sonne fliegen und die Welt mal mit anderen Augen betrachten.

Weitere Informationen zu Julia Engelmann
sowie zu lieferbaren Titeln der Autorin
finden Sie am Ende des Buches.

Julia Engelmann

Die Welt mit deinen Augen

Gedichte

Mit Illustrationen der Autorin

GOLDMANN

FSC www.fsc.org
MIX
Papier aus verantwortungsvollen Quellen
FSC® C014496

Penguin Random House Verlagsgruppe FSC® N001967

1. Auflage
Originalausgabe August 2022

Umschlaggestaltung: UNO Werbeagentur, München
Umschlagillustrationen: Julia Engelmann
Autorenfoto: © Calvin Müller
KS · Herstellung: ik
Satz: Uhl + Massopust, Aalen
Druck und Bindung: GGP Media GmbH, Pößneck
Printed in Germany
ISBN: 978-3-442-49287-9

www.goldmann-verlag.de

Für jede*n ♥

Nie zerbrechen, nur befreien

Ich habe das immer missverstanden:
Ich verliere mich nicht,
wenn ich alte Teile von mir loslasse,
sondern ich finde mich,
weil ich alte Teile von mir loslasse.

Und so fängt es an

Du lässt jemanden gehen,
obwohl dich das zerbricht.
Du traust dich, dir einzugestehen,
dass du etwas vermisst.
Du fragst dich irgendwas still,
dann fragst du's irgendwann laut.
Du bist mutig und fühlst,
was du dich sonst nicht traust.

Und die Gefühle tun weh,
jemand sagt: »Das geht vorbei.«
Trotzdem musst du da durch,
bis auf die andere Seite.
Du fragst dich: »Wie soll das gehen?«
Und: »Wie komm ich dahin?«
Gerade noch war's schwer zu verstehen,
und dann ergibt vieles Sinn.

Manchmal gibst du fast auf,
du bist müde und platt.
Doch du stehst wieder auf,
du rennst los und springst ab.
Und du fliegst durch die Luft,
du schaust zurück und kommst an.
Und so hört etwas auf.
Und so fängt es an.

Mein kleiner Falke

Glück ist,
wenn du mich hochwirfst und auffängst,
ohne mich ganz loszulassen.

Glück ist,
wenn du schwimmst
und ich mich an dir festhalte
wie an einer Insel.

Glück ist
aufwachen,
und ihr steht schon am Fußende meines Bettes
mit Kuchen und Luftballons.

Glück ist,
wenn ihr mich an den Händen haltet
und ich alle paar Schritte
ein kleines Stück schwebe.

Glück ist,
wenn es nach deinem Rasierwasser
und frischen Brötchen duftet
und du mal wieder Manu Chao hörst.

Glück ist,
hochgeworfen und aufgefangen zu werden,
ohne ganz loszulassen.

»Mein kleiner Falke«, sagst du,
und obwohl ich noch nicht viel verstehe,
verstehe ich jedes Wort.

GRAPEFRUIT PIECE

Hommage an Yoko Ono

Du musst deine erste Grapefruit
in deinem glücklichsten Moment essen
und deinen ersten vietnamesischen Kaffee
in absoluter Freiheit trinken,
dann fühlst du dich ab jetzt –
bei jeder Grapefruit und jedem vietnamesischen Kaffee –
immer glücklich und frei.

Die guten alten Zeiten sind jetzt

Wie du die Gitarre an die Wand hängst,
nachdem du morgens auf dem Sofa für uns singst.
Wie der ICE an Gleis 8 anhält
und wir uns nachts im Hauptbahnhof entgegenspringen.

Wie du mit mir das Bild des Beamers einstellst
und alle Bilderaufhänghöhen mit mir vermisst.
Wie oft einem jeden Tag irgendetwas einfällt
und wie oft man es sofort wieder vergisst.

Und wie wir gegen den Sturm gehen,
das ist wie gegen den Strom schwimmen irgendwie.
Wie wir so selten auf die Uhr sehen,
wenn wir zusammen sind – Zeit ist wirklich relativ.

Und wie wir tanzen …
gefühlt in jedem Wohnzimmer, gefühlt in jeder Stadt.
Und wie wir lachen …
als würde man vom Lachen niemals ansatzweise satt.
Und wie wir tanzen …
Tanzen ist wie Small Talk mit dem Körper.
Und wie wir lachen …
Lachen ist wie Reden ohne Wörter.

Wenn's am schönsten ist, soll man bleiben.
Das hier sind schon die guten alten Zeiten.
Was am schönsten ist, soll man behalten.
Wir sind mitten in den guten alten Zeiten.

Wie ich male, auch am Abend, ohne Zeugen,
wie du schreibst, für dich, auch wenn es keiner liest.
Wie wir verkatert in den See springen an Neujahr.
Wie sich Ideen anfühlen können – als ob man fliegt.

Und dein Geburtstagsdinner: Jeder hält eine Rede.
Dein Geburtstagsmorgen: Jeder singt ein Lied.
Wenn du mir schreibst,
dass du im Bus und auf dem Weg bist.
Wie wir schweigen und spazieren, mit Musik.

Und wie wir immer wieder Chancen bekommen,
und immer wieder lernen wir dazu.
Auf die eine Wange küsst mich jetzt die Sonne,
auf die andere Wange küsst mich gerade du.

Und wie wir lieben …
alles und Momente und noch uns.
Und wie wir fühlen …
als wäre das große, ganze Leben Kunst.
Und wie wir lieben …
Das ist die Sprache, die weltweit alle sprechen.
Und wie wir fühlen …
Wir fühlen, also sind wir lebendig.

Wenn's am schönsten ist, soll man bleiben.
Das hier sind schon die guten alten Zeiten.
Was am schönsten ist, soll man behalten.
Wir sind mitten in den guten alten Zeiten.

Manchmal will ich alles ändern,
dann wünsche ich mich ganz woandershin.
Dann glaube ich, es wird eines Tages besser,
wenn ich jemand anders bin.

Doch das ist falsch, das weiß ich,
es ist nur eine Lüge, die bestimmt nicht lange hält.
Denn das Gras auf der anderen Seite scheint nur grüner,
weil das Licht dort anders fällt.

Das Glück ist nie so weit weg, wie man denkt,
es ist zwischen deinen Zeilen versteckt.
Mach dir lieber viele Träume als Stress –
denn die guten alten Zeiten sind jetzt.

Wenn's am schönsten ist, soll man bleiben.
Das hier sind schon die guten alten Zeiten.
Was am schönsten ist, soll man behalten.
Wir sind mitten in den guten alten Zeiten.

Du fragst dich, woher ich das weiß?
Warum bin ich mir dessen jetzt bewusst?
Ich war in allen guten alten Zeiten schon dabei …
doch ich habe es währenddessen nie gewusst.

Enten

»Wir malen heute Enten«, sagst du.
Ich bin noch jung,
ich habe keine Vorstellung
von gestern und morgen.
Momente passieren mir
und ich ihnen auch,
ich mache überall mit.

Ich male an diesem Tag zwei Enten.
Eine genau so, wie ich sie kenne,
aus dem Park oder aus Geschichten halt.
Weiße Federn, schwarze Augen,
orangefarbener Schnabel.
Du sagst, ich soll noch eine malen.
Eine, die so verrückt ist,
dass sie noch nie einer gesehen hat.
Eine, die es eigentlich nicht gibt.
Eine, die mir Spaß macht.
Du sagst, ich soll mich trauen.

Bis heute hängt eine der beiden Enten
in deiner Küche.
Es ist die, mit der du mir deinen Blick
auf das Leben erklärt hast.

Liebeslied

Ich will mit dir nach Rom
oder nach Köpenick.
Oder warst du da schon?
Ist mir eigentlich auch egal,
ich würde mit dir den ganzen Erdball ansehen,
ich will mit dir auch beim Berghain anstehen.

Ich will mit dir nach Paris
oder in den Grunewald.
Wie schreibt man *verliebt*?
Seit ich deine gesehen hab,
sehen alle anderen Augen gleich aus.
Nenn mich cheesy, aber …
neben dir sieht Feuer kalt aus.

O Gott, war das zu viel?!
Ich nehme das zurück!
Wir sind viel zu fragil.
Wie schreibt man *verrückt*?
Du weißt ja, dass ich's nicht so
mit Worten habe,
deshalb wollte ich dich fragen:

Schreibst du mir ein Liebeslied?
Denn ich weiß,
ich würde es jeden Tag auf Repeat hören.
Die ganze Zeit …
… würde ich dein Lied wiederholen,
denn du bist wie Musik in meinen Ohren.

Ich will mit dir raus,
und dann … wieder mit dir nach Hause.
Ich denke schon den ganzen Tag
an deinen letzten Satz.
Ich fühle mich betrunken,
obwohl ich gar nichts getrunken hab.
Nenn mich kitschig, aber …
es ist nicht aufzuhalten, was ich fühle,
wir fallen ohne Fallschirm, bis wir fliegen.

Schreibst du mir ein Liebeslied?
Denn ich weiß,
ich würde es jeden Tag auf Repeat hören.
Die ganze Zeit …
… würde ich dein Lied wiederholen,
denn du bist wie Musik in meinen Ohren.

Und ich vergesse meinen Alltag.
Du bist der einzige Gedanke, den ich denke.
Du bist die einzige Melodie, die ich singe.
Du klingst wie die Musik, die ich liebe.

Ich will mit dir nach Rom
oder ins Pergamon.
Oder warst du da schon?
Egal, ich würde mit dir auch *Werther* ansehen.
Willst du mit mir beim Berghain anstehen?

Aufgehört zu träumen

Als ich sieben war, habe ich gedacht:
»Die Welt ist immer so, wie man sie macht.«
Und wenn es mal still war, habe ich mich gefreut:
»Jetzt habe ich für meine Träume Zeit!«

Seit ich älter bin, ist das schwerer,
denn die Jahre rasen mit den Jahren vorbei.
Wenn es still ist, dann macht die Stille mir Angst,
und ich hoffe, dass ich sie schnell füllen kann.

Wie ist das passiert,
obwohl ich mir immer gesagt habe,
so will ich nicht werden?
Wie ist das passiert,
dass ich mich lange nicht gefragt habe:
(Wie) kann ich das lernen?

Wann haben wir aufgehört zu träumen?
Wann haben wir angefangen zu sagen:
»Die Dinge sind, wie sie sind,
und so nehmen sie ihren Lauf«?
Wann haben wir aufgehört zu träumen?
Wann haben wir angefangen zu warten?
Und seit wann geben wir auf?

Wann haben wir angefangen zu denken:
»Dafür bin ich schon zu alt«
und »Dafür habe ich keine Zeit«?
Denn dass ich mich darum sorge,
kostet mich auch freie Zeit.

Ich bin jetzt fast dreißig und glaube nicht,
dass die Welt nur ist, wie ich sie mache.
Unsere Welt ist groß und so krass komplex,
doch ich habe in letzter Zeit gedacht:

Jeder Tag, an dem ich träume,
ist ein Tag, an dem ich Liebe sehen kann.
An jedem Tag, an dem ich träume,
fängt mein Leben wieder an.

Passepartout

Ich mag,
wie deine WhatsApp-Texts
meinen Kopf hijacken,
und dein allererster Blick
schaut mich immer noch an.
Du läufst hundertmal
in meiner Umlaufbahn.
Du bist so schön,
dass mich sogar Dorian Gray
vor dir warnt.

Und ich träume
mit offenen Augen von dir …
… von dir …
… von dir …
Ich kann nicht schlafen,
schon seit Tagen denke ich abends
nur an deine Augen.
Wenn ich tagsüber
am Schreibtisch sitze,
sitze ich einfach da
und starre nach draußen.
Ich brauche keinen Snooze-Button,
denn ich will gerne wach sein
und ein bisschen an uns glauben.

Die Magie, die du kreierst,
ist mir gefolgt und sitzt jetzt
neben mir zu Hause.

Ich mag, wie deine Sätze
meinen Kopf hijacken,
und jeder deiner Blicke
ist genug für ein Jahr.
Du passt so wunderbar
in meine Umlaufbahn.
Du bist so schön,
die Nationalgalerie fertigt
ein Passepartout für dich an.

Und ich träume
mit offenen Augen von dir.
Es ist nicht so,
dass ich dich will,
es ist nur so,
dass ich dich heute ein wenig brauche.

Ich muss zur Arbeit,
doch ich habe mich auf dem Weg
in Gedanken zu dir verlaufen.
Ich sollte E-Mails schreiben, aufräumen,
doch ich kann gerade vor Verstrahltsein
so schlecht aufstehen.
Seit du da bist, ist alles andere
nicht mehr so wichtig wie früher.
Geht es dir auch so?

Die Welt mit deinen Augen

Ich habe fast nicht an dich geglaubt.
Wie sieht die Welt mit deinen Augen so aus?
Ohne dich war sie grau.
Wie sieht die Welt mit deinen Augen so aus?
Sag mir im Vertrauen:
Wie sieht die Welt mit deinen Augen so aus?
Was siehst du, wenn du in den Augenblick schaust?
Wie sieht die Welt mit deinen Augen so aus?

Du bist neu für mich,
nicht für dich natürlich,
denn du kennst dich schon dein Leben lang.
Du hast schon in so viele Augen gesehen,
du bist schon so viele Wege gegangen.

Du hast dir schon so viele Fragen gestellt.
(Stellst du sie mir auch?)
Du hast schon so viele Jahre gezählt.
(Erzählst du mir davon auch?)

Du hast schon so viel Leben gelebt,
ich stolpere in der Mitte dazu.
Sag mir, wo in der Geschichte sind wir?
Sag, welches Kapitel schreibst du?

»Hey, ich bin …« – »Ja, freut mich auch.«
Wie sieht die Welt mit deinen Augen so aus?
»Ich glaub ja das …«, (gestikuliert wild),
»… glaubst du das auch?!«
Wie sieht die Welt mit deinen Augen so aus?
Was denkst du, wenn du durch den Augenblick tauchst?
Wie sieht die Welt mit deinen Augen so aus?
Ist sie still? Ist sie laut?
Wie sieht die Welt mit deinen Augen so aus?

Du bist neu für mich
und ich für dich natürlich.
Ich kenn mich schon mein ganzes Leben lang.
Ich habe schon in viele Augen gesehen,
ich bin schon so viele Wege gegangen.

Ich habe mir schon so viele Fragen gestellt.
(Und ich stelle sie dir auch.)
Ich habe schon so viele Jahre gezählt.
(Ich erzähle dir von ihnen auch …)

Und ist das nicht verrückt?
Jeder Ort, der mir jetzt Zuhause ist,
war mir irgendwann einmal fremd.
Und ist das nicht verrückt?
Dass man, wenn man in fremde Augen sieht,
sie eines Tages vielleicht kennt.

Vergessen/erinnern

Und ich singe:
Ich habe noch nichts verloren,
hatte nur vergessen (ganz kurz),
worum es eigentlich geht,
jetzt bin ich wiedergeboren.

1. Vergessen: Papierfliegerflugstrecken

Manchmal …
sehe ich den Kreis vor lauter Leuten nicht,
sehe ich mein *Why* vor Träumen nicht,
und jedes Dunkel,
das mir leuchtenden Erfolg verspricht,
dem folge ich.
Wenn du wüsstest,
wie lang meine To-do-Listen sind.
Da liegen hundert buchrückenhohe
Papierfliegerflugstrecken drin.
Ich habe zu viele Dinge,
die mir zu wenig bedeuten.
Ich könnte in ihnen versinken
oder von ihnen turmspringen,
wenn ich wollte.

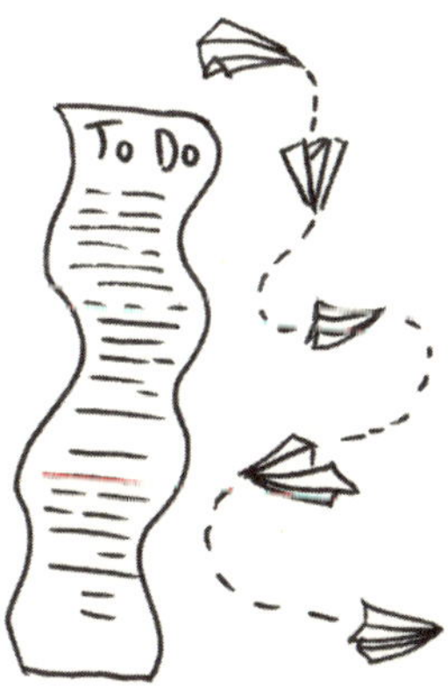

Ich schreie in die Nacht:
»Muss es wirklich so bleiben?«
Sie schreit zurück:
»Keiner hat dir je versprochen,
glücklich zu sein.«

Ich habe nicht gewusst, wer ich bin,
ich habe all die anderen Leute gefragt.
Würde mich gerne erinnern,
wer ich früher mal war.
Der Warenkorb ist voll,
aber ich fühle mich leer.
Ich dreh die Lautstärke hoch,
um besser Stille zu hören.

Und irgendwann kommt dieser Tag,
an dem du wieder weißt, was du mal wusstest.
Irgendwann kommt immer dieser Tag.

Und ich singe:
Ich habe noch nichts verloren,
hatte nur vergessen (ganz kurz),
worum es eigentlich geht,
jetzt bin ich wiedergeboren.

Es geht darum, dass unsere Hoffnungen
immer größer als unsere Sorgen sind.
Es geht nicht darum, was wir getan haben,
nur darum, wer wir dabei geworden sind.

2. Erinnern: Standbildrennen

Und jeder Gedanke
ist eine Kreuzung mit acht Armen.
Und jedes Gespräch
ist ein Streifzug durch die Straßen.
Ich will das ganze Leben nicht behalten,
ich will nur alles einmal haben.
Ich will hundert neue Tage
und ein Archiv für jedes *Gestern*.
Ich will tausend neue Tabs,
öffne aber niemals neue Fenster.
Ich will eine neue Liebe,
aber nur, wenn ich sie kenne.
Ich will, dass alles fließt,
aber ich baue die höchsten Dämme.

Ich will, dass sich alles entwickelt,
aber nicht, dass sich was ändert.
Ich will, dass Dinge wieder anfangen,
aber nie, dass Dinge enden.
Ich will Freeze-Frame-Schmelzen,
ich will Standbildrennen.

Und ich singe:
Ich habe noch nichts verloren,
hatte nur vergessen (ganz kurz),
worum es eigentlich geht,
jetzt bin ich wiedergeboren.

Ephemera

Es scheint gerade alles so wichtig,
prachtvoll und wach stehen wir da.
Heute ist allerdings flüchtig,
es hallt höchstens bald leise nach.
Morgen bleibt von uns nur Rauch,
ein Echo, ein altes Plakat.
Realität ist ein endloser Traum,
aber das Leben ein einziger Tag.

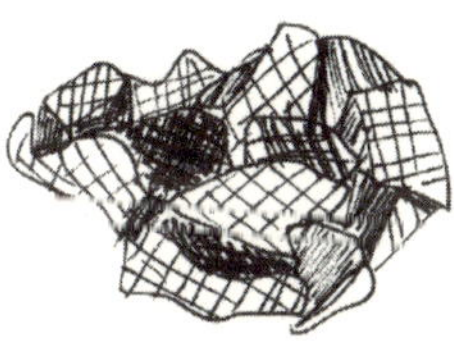

Der nächste kleinste Schritt

Was ist der nächste kleinste Schritt?

Manchmal gehe ich nicht weiter, weil ich Angst habe, dadurch zu merken, wie weit der Weg noch ist. Dann überwältigen mich meine Ziele und Träume, meine ungestellten Fragen, alles, was getan werden muss, alles, was ich nicht bin. Dann suche ich Stillstand, als wäre er eine Stopptaste, die die Zeit einfriert, bis ich bereit bin.

Überhaupt denke ich viel darüber nach, wann ich wohl bereit bin. So viel, dass ich manchmal vergesse, wofür, und manchmal so lange, dass ich in der gleichen Zeit allen Bäumen in meiner Straße bunte geringelte Rollkragen stricken könnte. Dabei glaube ich eigentlich, dass ich oft für etwas bereit bin, *weil* und *wenn* ich Dinge tue … und nicht (oder höchstens selten) vorher.

Ich sage das, weil mir heute wieder klar geworden ist, dass die Angst vor dem Weg eine ziemlich destruktive Stopptaste ist. Und: Es geht nicht um das Bild von mir am Ziel, es geht um das Bild von mir als Wanderer. Es geht um das Gegenteil von Stillstand und immer wieder um die Frage: Was ist der nächste kleinste Schritt?

Bunt I

Ich male nur mit Farben,
die ich mag ♡

Grapefruit-
Pink

Deine-Augen-
Blau

Sonnen-
aufgangs-
Orange

Vietnamesischer
Kaffee
Mokka

Sommer-
wiesen-
Ocker

Frisch-
gestrichen-
weiß

Ephemera-
Grün

Tsundoku-
Schwarz

alte-
Buchseiten-
Beige

(Zum Ausmalen ☺)

Mojitos & Reeboks

Ich wäre gerne die Gitarre,
die du jeden Morgen spielst,
jede Saite, die du zupfst,
und jede Seite, die du liest
in E-Books.

Ich wäre gerne dein Mikro,
in das du rappst oder singst,
und zum Treppenruntersprinngen
deine Reeboks.

Wäre gerne der Mojito,
den du shakst, dann kippst,
und neue Welten, die du willst –
wie bei Tchibo.
Ich will die Essentials, die du flinkst, sein
und dein Capri-Sonnen-Trinkhalm.

Bin ich dein Espresso,
verlängere ich zum Lungo,
bin ich dein Silvester,
kann ich versprechen: Es wird funken.

Ich wäre gerne der zweite Stock
deines Bungalows,
der Wert deiner Stocks
steigt, hundertpro.

Ich wäre gern dein Lieblingssound
aus Liszts *Liebestraum*
und der Fliederbaum
an deinem Schmiedezaun.
Wenn du noch keinen eigenen Zaun hast,
bin ich die, die dir einen bauen kann.

Ich will dein TikTok-Algorithmus,
dein Deep Talk, deine Beatbox, deine Hymnen,
deine Christmas Lights an Christmas
und unter deinem Kopf das Kissen sein.

Ich will das Schloss zu deinem Schlüssel,
das Ziel deines Vermissens,
deine Microplane für Trüffel
und von allem noch ein bisschen sein.

Ist dir das zu flach?
Baby, dann bin ich dein Gipfel!
Findest du das falsch,
dann liege ich ungern richtig!

Baby, nenn mich kitschig,
du weißt, dass ich für dich Dichten
basically als meine Pflicht sehe –
das gebe ich dir gern schriftlich.

Ich wäre gerne die Gitarre,
die du jeden Abend spielst,
jede Saite, die du zupfst,
und jede Seite, die du liest
in E-Books.

Ich habe mich seit Tagen
in Gedanken an dich verloren.
Ich wollte nur kurz sagen:
I wanna be yours.

Bunt II

Du bist orange,
wenn die Sonne scheint
und mich erinnert,
wer ich sein kann.
Du bist golden
um die Mittagszeit,
du machst alles wieder einfach.

Bei den schönsten Gesprächen
mit tropfenden Kerzen
bist du das Tiefrot.
Beim endlosen Segeln
durch endlose Meere
bist du mein Petrol.

Ich habe dir das nie gesagt, aber:
Wenn mir Regenbogen wie Graustufen erscheinen
und Monets Gemälde blass oder schwarz-weiß,
dann denk ich daran, wie du gesagt hast:
»Schau dir diese Farben an!«,
und alles wird wieder bunt.

Du bist mitternachtsblau,
wenn Vollmond ist
und ich mir die großen Fragen stell.
Du bist grün,
wenn vom Feigenbaum
und von mir der letzte Tag abfällt.

Ich habe dir das nie gesagt, aber:
Wenn mir Regenbogen wie Graustufen erscheinen
und alles, was Monet je gemalt hat,
blass oder schwarz-weiß,
dann denk ich daran, wie du gesagt hast:
»Schau dir diese Farben an!«,
und alles wird wieder bunt.

Du hast dich gefragt, was bleiben wird,
wenn dir mal die neuen Bilder ausgehen.
Du hast dich gefragt, was bleiben wird:
Ich sehe die Welt mit deinen Augen.

Mosebacketerrassen

Ich bin dreiundzwanzig,
meine Eltern sind auf einer Feier
im Ferienhaus.
Meine Freunde sind tanzen,
ich will nichts verpassen,
also gehe ich mit ihnen raus.

Ich studiere was mit Wirtschaft,
und es macht mir keinen Spaß.
Doch mein Vater sagt:
»So ist halt das Leben,
denk nicht so lange drüber nach,
sondern mach irgendwas.«

Und ich frag dich heute alles,
aber frag nicht zurück.
Das bleibt mein Geheimnis,
wer ich wirklich bin.
Ich frag dich heute alles,
schau mich nicht so an.
Verrätst du mir ein Geheimnis?
Außer deinen Namen.

Ich bin oft allein.
Meine Eltern sind unter der Woche
im Wochenendhaus.
Ich habe Angst, dass ich falle,
wenn ich auf Balkons stehe,
also geh ich nie raus.

Ich bin schon betrunken,
trink zum Frühstück Bier,
ich will den Kater nicht spüren.
Glaubst du, dass ich jung bin?
Glaubst du, dass mich je einer kennen wird?
Und warum sind wir hier?

Weißt du, was verrückt ist?
Jede Sekunde ist wie ein Zimmer
mit tausend Türen für tausend Momente.
Im Grunde kann sich alles immer, für immer,
mit jedem Flügelschlag noch ändern.

Weißt du, was verrückt ist?
Würdest du hier nicht sitzen,
wäre ich in einer anderen Bar,
mit wem anders da,
in 'nem anderen Land,
bei 'nem anderen Tanz …

Weißt du, was verrückt ist?
Wäre es heute neblig,
wäre es heute verregnet,
wären wir beide uns nie …

Weißt du, was verrückt ist?
Ich glaub, ich bin nicht glücklich.
Ich war noch nie glücklich.
Wer ist schon glücklich?
Was ist schon glücklich?

Und ich frag dich heute alles.
    Ich habe Angst, dass ich falle.
Sag mir dein Geheimnis.
    Ich bin oft allein.
Und ich frag dich heute alles.
    Ich will nichts verpassen.
Das bleibt mein Geheimnis.
    Ich bin …
Jede Sekunde ist voller Momente.
    Wer wird mich je kennen?
Frag nicht zurück, ich …
    (flüstert)
    … war noch nie glücklich.

Ich sag dir heute alles:
Ich bin …
Frag mich ruhig alles:
Ich bin …
Ich erzähl dir jetzt alles:
Ich bin …
Ich sage dir alles:
Ich bin …
dreiundzwanzig.

Deine Hand

Deine Hand ist wie ein Land,
in dem ich immer wieder ankommen kann.
Deine Hand ist wie ein Strand,
ich schaue von hier alles mit Abstand an.
Deine Hand hat immer Zeit,
und Sekunden werden Ewigkeit.
Deine Hand ist immer Halt,
habe ich wieder mal kurz Angst zu fallen.

Und wenn ich doch mal falle,
kann ich sanft bei dir landen,
weil da immer diese Hand ist.
Und fühle ich Wankelmut,
fange ich mich,
weil da immer diese Hand ist.
Da ist immer deine Hand.

Meine Hand ist ein Magnet,
ein Magnet, der nur nach deiner strebt.
Meine Hand ist wie ein Weg,
auf dem ich jeden Tag zu deiner Hand geh.
Meine Hand ist für dich da,
sie spricht aus, was manchmal keiner sagt.
Meine Hand antwortet: »Ja«,
wenn deine leise flüstert: »Bist du da?«

Und wenn du mich ansiehst, weißt du,
dass da immer eine Hand ist.
Du weißt, dass es nie lange dauert,
bis da wieder eine Hand ist,
weil da immer meine Hand ist.
Da ist immer meine Hand.

Unsere Hände sind zwei Fragen,
die wir immer neu zu fragen wagen.
Sie sind wie die Nächte und die Tage,
die sich finden, jeden Abend,
und sich trennen, jeden Morgen,
still und wissend, ohne Worte,
dass sie schon bald am gleichen Ort sind,
dass sie sich bald wiederhaben.

Und egal, wo man entlangschlendert,
bleibt es unendlich, dieses Land,
diese Geschichte hat kein Ende,
denn da sind immer wieder Hände.
Da sind immer unsere Hände.
Da ist immer deine Hand.

Kleine Bilanz

Ich war Außenseiter, ich war Inner Circle,
bin gestrauchelt, musste schwimmen,
bin verloren gegangen im Bleiben,
bin zerbrochen beim Vereinen
eurer Wünsche mit den meinen,
und ich musste neu beginnen.

Ich war leise, ich war laut,
ich war fleißig, ich war faul,
wollte so gerne wie die anderen
scheinbar schnurstracks geradeaus wandern,
doch ich habe gelernt: Auch wer mäandert,
findet seinen Weg nach Hause.

Ich war süß, und ich war bitter,
war die Ruhe, war Gewitter,
war mal oben und dann unten,
ich war hellblau, grau und dunkel,
fand immer wieder neues Funkeln,
egal, wie oft ich noch zersplitterte.

Und was war ich voller Liebe!
Und wie oft hab ich's verschwiegen!
Ich hatte Liebe, nicht für Tage,
nein, ich war liebevoll für Jahre.
Ist das die richtige Frage:
»Was ist mir davon geblieben?«

Ich war wackelig und standhaft,
manchmal locker drauf, oft krampfhaft,
ich war flüchtig und unendlich,
habe gelernt: Nichts ist beständig,
und auf jedes noch so dunkle Ende
folgt ein neuer, schöner Anfang.

Ich wäre gern mit dir allein

Ich will heute neben dir liegen
und nur in diese Wolken schauen,
die durch deine Augen ziehen.
Ich will mich heute nicht vom Fleck bewegen,
und ich will, dass wir verreisen,
ohne rauszugehen.

Ich will dir alles zeigen,
und ich will dich alles fragen.
Ich will mit dir über alles schweigen,
und ich will dir alles sagen.

Ich weiß nicht, ob sich das gehört,
doch ich will, dass wir uns gehören.
Ich weiß nicht, ob man das so sagt,
doch ich hab oft an dich gedacht.
Ich weiß nicht, ob sich das gehört,
doch ich wär gern mit dir allein
für einen jahrelangen Tag
und eine jahrelange Nacht.

Ich will heute neben dir liegen
und nur auf diese Flüsse schauen,
die durch deine blauen Augen fließen.

Ich will mich heute von der Welt abmelden,
und ich will, dass wir uns nur anziehen,
um uns auszuziehen.

Was ich wissen will, weißt du.
Wir brauchen, was wir haben.
Du bist ein Geheimnis.
Wann wirst du es mir verraten?

Ich will dich aus der Nähe
in jeder Ecke dieser Stadt sehen.
Ich will dich   aus der Nähe
in jeder Ecke dieser Stadt   sehen.

Ich weiß nicht, ob sich das gehört,
doch ich will, dass wir uns gehören.
Ich weiß nicht, ob man das so sagt,
doch ich hab oft an dich gedacht.
Ich weiß nicht, ob sich das gehört,
doch ich wär gern mit dir allein
für einen jahrelangen Tag
und eine jahrelange Nacht.

Meine eigene, kleine Welt

Ich lese ein Gedicht
und versuche, nicht an dich zu denken.
Dabei liege ich auf dem Teppich
statt auf dem Sofa, ohne Grund.
Kerzenlicht wirft kleine Muster an die Wände.
Es ist Samstagabend,
und ich liege jetzt also hier
und schaue mich um.

Da sind: ein Karton mit Fotos
und ein Karton mit Dingen,
die noch kein Zuhause haben –
und auch nie eins finden.

Da ist: der Schrank mit den kaputten Türen,
deren Scharniere quietschen.
Da sind: ein Rucksack und ein Koffer
und (komplett verirrt) ein Schal.
Ich sehe: noch nie getragene Kleider
sowie nie getragene Stiefel
und viel zu viel Geraffel
für mein wackliges Regal.

Da sind: halb verkohlte Räucherstäbchen,
die halb ins Zimmer ragen.
Aus ihren glimmenden Enden
steigt ein letztes bisschen Rauch auf.
Ein großer Feigenbaum
und ein paar Blumen in einer Vase,
und von hier aus (Zimmerecke)
sehe ich ein kleines bisschen Staub.

Ich sehe: stapelweise Bücher
mit Gedichten und Notizen.
Und: den schmalen Streifen Himmel,
der sich am Tag zweimal verfärbt,
eine gebrauchte Lampe
aus dem Laden hier auf dem Kiez.
Und was ich nicht sehen, aber fühlen kann:
mein Herz.

Ein Herz, das man nur schwer
zur Ruhe bringen kann, beizeiten,
wenn es in fremden Augen Hoffnung findet,
so wie in deinen.
Und: nie gesagte Sätze,
nie gestellte Fragen,
Ideen, fast wie Schätze,
Ideen für ganze Jahre.

So viel Unerlebtes,
Ungezeigtes, Ungefühltes,
noch nie geschriene Schreie,
nie abgeschickte Briefe.
Hier ist das schönste aller Sofas.
Was hat es schon gesehen!
Endlose Gespräche,
viele Küsse, viele Tränen.

Ich denke an dich …
und versuche, nicht an dich zu denken.
Dabei liege ich auf dem Teppich
und sehe so viel, das mir gefällt.
Kerzenlicht wirft flackernd Muster an die Wände.
Das ist sie also, meine eigene, kleine Welt.

Kleine Gedanken

1.
Ich habe so oft nicht geweint,
obwohl ich hätte weinen wollen.
Ich habe so oft nicht geschrien,
obwohl ich hätte schreien wollen.
Und wo ist das* alles hin?

2.
Warum sollte ich dir etwas erzählen,
wenn das einzig Richtige doch wäre,
dass ich dir zuhöre?

3.
Das ist doch fast schon witzig:
Ich war so sehr damit beschäftigt,
jedem meine Tragödie zu erzählen,
dass ich dabei kein einziges Mal
laut ausgesprochen habe,
was mich am allermeisten verletzt.
(Und ich werde es auch nie.)

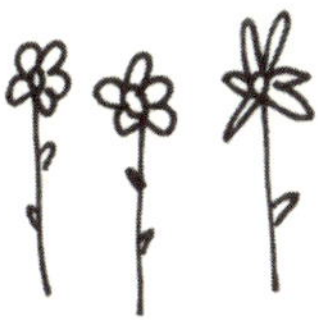

4.
Sie haben dir beigebracht zu laufen.
Aber nicht, wie man geht.

5.
Jetzt, da sich der Staub gelegt hat,
würde ich dich gerne fragen, ob du glaubst,
dass ich der Sturm war.
(Ich habe Angst, dass du Ja sagst.)

Jeder Tag hat so viele Seiten, wie man aufschlägt

Was sich verändert hat, seit du weg bist:

Ich besitze jetzt einen eigenen Schlagbohrer und weiß auch, wie man ihn benutzt. Ich besitze jetzt ein viel zu teures Kleid und Secondhandtassen, was mich bei jedem Blick darauf und bei jedem Schluck daraus glücklich macht. Ich verlaufe mich gerne in Parks. Ich habe Lust, fremde Leute anzulächeln. Wenn ich durch die Straßen fahre, kann ich nicht fassen, wie schön die Bäume sind. Als wären sie von jemandem dekoriert worden, der es gut mit uns meint. Ist doch verrückt, dass ein Ende so schön aussehen kann?

Ich habe jetzt einen bunten Teppich im Flur und die Fähigkeit, Nein zu sagen, wann ich will. Ich gönne mir Tagträume. Meine Freunde fragen mich immer noch, wann ich endlich meinen Führerschein mache, aber ich schätze, so ist das Leben.

Ich habe viel über dich nachgedacht, wirklich. (Über

jeden von euch, eigentlich.) Mir tun einige Dinge leid und noch mehr Dinge weh. Und ich habe mich oft gefragt, wie alles aus deiner Perspektive wirken muss. Die Vorstellung, dass ich dir, ohne es zu wollen, wehgetan habe und das nicht mehr ungeschehen machen kann, bereitet mir schlaflose Nächte. Ich habe immer versucht zu erfassen, was es ist, das wir aneinander lieben, und auch, was uns aneinander verletzt. Aber natürlich – *natürlich!* – ging es nie darum zu verstehen, was nur gefühlt werden kann.

Ich habe jetzt vieles von dem angefangen, was ich anfangen wollte, und etwas weniger Angst als früher. Es ist fast ein bisschen komisch, das zuzugeben, aber ich bin genauso gern erwachsen, wie ich gern fast erwachsen war, und so ist alles am Ende doch einfacher, als ich es vermutet hätte. Ich weiß, mein Leben ist noch nicht vorbei, aber ich bin vorerst irgendwie die geworden, die ich immer sein wollte. Die, nach der ich mich so lange gesehnt habe oder ein bisschen zumindest, um sie zu erkennen und zufrieden zu sein. Ich weiß gar nicht, woher all der Frieden kommt – in meinem Körper, in meinem Kopf, in meinem Herzen –, aber er ist einfach da. Ich habe den ganzen Wachstumsschmerz vergessen, aber so läuft das wohl, wenn etwas Neues entsteht.

Ich habe jetzt endlich diese eine Handynummer und begriffen, dass ich all meine Beziehungen mitgestalte, anstatt ihnen ausgeliefert zu sein. Ich träume immer noch von meiner eigenen Dachterrasse. Manchmal male ich nur für mich. Mir hat mal jemand gesagt: »Man ist immer dann glücklich, wenn man nicht permanent darüber nachdenken oder reden muss.« Und jetzt, da ich aus Versehen darüber nachdenke, fällt mir auf, dass das stimmt. Und dass ich es bin. Glücklich. Aus Versehen. Manchmal ertappe ich mich dabei, wie mir das Leben wieder einfällt. Mit allem, was es bedeutet. Dann tauche ich für einen Moment auf. *Wie merkwürdig*, denke ich kurz und fühle diesen Gedanken auch. Und dann tauche ich wieder ab.

Ich habe jetzt einen eigenen Mosaiktisch auf dem Balkon, so einen, von dem ich immer geträumt habe. (So einen wie in dem Café, in dem wir damals waren, weißt du noch?) Und ich habe die Fähigkeit, mir meine Wünsche zu erfüllen. Jeder Tag hat so viele Seiten, wie man aufschlägt. Das weiß ich jetzt.

Ein guter Tag für Poesie

Das gelbe Haus gegenüber
strahlt heute weiß (in der Sonne),
und die Schatten der Balkone
sind so hell wie noch nie.

Der dauergraue Himmel
strahlt heute blau (wie im Sommer),
als hätte er's vergessen:
jedes traurige Lied.

Mein Herz fragt nach dir,
jeden Tag, so wie früher.
Ich sage ihm: Das gehört
wohl dazu, wenn man liebt.

Der Herbst ist schon hier,
es wird kalt und noch kühler,
so fühlt sich's also an,
wenn man Loslassen übt.

Und ich weiß nicht, warum,
aber irgendwie ahn ich's,
und du weißt ja, das sage ich sonst nie:
Dass, egal was schon war,
und egal ob was wahr ist,
heute ein guter Tag ist …
… ein guter Tag für Poesie.

Tsundoku

積ん読

Liebes Buch, ich muss dir etwas sagen,
das sage ich dir ehrlich nicht sehr gerne:
Es stimmt, dass ich dich nicht gelesen habe,
weil ich dich nämlich niemals lesen werde.

Ich weiß, ich weiß, ich hatte es versprochen
und dir geschworen, wie viel du mir bedeutest.
Ich vertröste dich mit diesem Spruch seit Wochen:
»Ich lese dich morgen, wirklich, nur nicht heute.«

Ich trage dich in meiner Tasche durch die Stadt,
du warst mit mir in Tokio und Athen.
Ich leg dich auf jeden Tisch für alle anderen,
ich werde so furchtbar gern mit dir gesehen.

Ich schmücke mich zu oft mit deinem Namen,
ich mach dir Hoffnung, sag dir, dass ich für dich brenne,
doch statt mit dir verbringe ich jeden Abend
mit alten Folgen von *The Office*, die ich schon kenne.

Und ja, ich nehme dich mit in jedes Zimmer,
weil mir, wenn du nicht bei mir bist, etwas fehlt.
Ich weiß, ich hatte neulich schon beim Dinner
allen Gästen lauthals und stolz von dir erzählt.

Und von dem großartigen Menschen,
der ich werde, wenn ich dich lese,
habe ich meinen Freunden vorgeschwärmt.
Du konntest es beim besten Willen nicht bemerken:
Ich habe mich in letzter Zeit von dir entfernt.

Ich geh manchmal heimlich in die Bib,
durchstöbere zögernd Antiquariatsregale,
scanne Amazon Top-Lists nach neuen Hits.
Ist es fatal, dass du mir so egal wirst?

Du machst aus mir einen elenden Heuchler,
ich mache aus deinem Potenzial eine Last.
Du bist nur noch Deko, wie ein Kerzenleuchter,
ich ignoriere dich wie einen ungebetenen Gast.

Dabei bist du voller schöner, weiser Zeilen,
du kannst beim besten Willen nichts dafür.
Wir können gerne für immer Träume bleiben.
Es ist nicht deine Schuld – es liegt an mir!

Ich lass dich frei, ich gönne dir eine Leser*in,
die dich schätzt. Danke für die schöne Zeit,
für alles, was wir fast zusammen gewesen sind.
Dass wir es nicht sind, tut mir sehr leid.

Leb wohl, wir müssen weitergehen,
ich bin an einem anderen Punkt als du.
Vielleicht finden wir uns in einem anderen Leben –
und dann wirst du mein Lieblingsbuch.

Nur geliehen

In dunklen Nächten frage ich mich:
Was ist, wenn du – obwohl es oft so scheint –
doch nicht meine Sprache sprichst?
Was ist, wenn »Ob du bei mir bleibst?«
die einzig falsche Frage ist?
Was ist, wenn du nicht bleiben kannst,
weil niemand je geblieben ist?
Und ich schenk dir meine Liebe ganz,
während deine nur geliehen ist?

Und ist uns nicht alles, auch das Leben,
nur geliehen für eine Weile?
Ist nicht alles eine Frage ohne Antwort,
eine unbekannte Reise?
Man kann Liebe nicht besitzen, ich weiß –
ich weiß auch, dass die Frage nichts ändert.
Aber angenommen, es wäre so,
leihst du sie mir noch länger?

G_dicht ohne E

Sprich mit mir, Schatz!
Warum bist du so still?
Brauchst du womöglich Platz?
Sag mir klar, was du willst!

Du bist das, was für mich wirklich zählt,
und ich bin loyal zu dir, doch nun glaub ich:
Das Glück kommt für uns wohl zu spät.
Du bist schon so kühl, ich zu traurig.

Wo ist da noch Glanz? Futsch!
Tag für Tag wird's um uns schwarz,
Hand in Hand spür ich Distanz.
Und sing ich auch laut, falls ich kann,
ahn ich, das langt nicht zum Tanz.

Ist mir auch manchmal zu bang und bin ich zu hart,
sind Trübsal und Krux nun ganz nah:
Das mit uns war wohl nichts als nur Start,
wir sind halt nicht so gut als Paar.

Das *Ja* war nur *circa* mit uns.
Wir sind jung, Schatz, ich lass dich nun los.
Für Liaison ahn ich nicht massig Grund.
Suchst du mich, such ruhig auf'm Mond.

Zum Schluss bin ich mutig und sag dir noch,
was mich plagt, was mich quält:
Dass an uns zwo ständig was hakt,
dass mir mit dir, Gadsby, konstant was …
f_hlt.

Lieder zum Weinen

An mein jüngeres Ich

Ich weiß, du stehst allein
am Rande dieser Party
und deine beste Freundin
hat dich verraten.
»Jetzt bloß nicht weinen«,
denkst du schon den ganzen Abend.
Es tut mir leid,
dass ich damals nicht mehr
für dich da war.

Und ich wollte dir nur sagen:
Es wird besser!
Du wirst in den nächsten Jahren
so viel ändern.

Du hörst heute Lieder zum Weinen,
aber eines Tages hörst du wieder
Lieder zum Tanzen.
Du fühlst dich allein,
doch ich weiß genau,
du wirst daran wachsen.
Du hast Angst vor der Liebe und dem Leben,
aber eines Tages wird dich beides finden.
Und dann wirst du so viel Schönes erleben.
Ich weiß das schon,
weil *du* nämlich *ich* bist.

Ich weiß, du bist verliebt
und du kannst es keinem zeigen.
Du bist verliebt,
doch er hat eine Freundin.
Wer nimmt deine Liebe?
Du willst nicht unter ihr leiden.
Wie findest du Frieden?
Du hast nämlich keinen.
Schreib ihm nicht zurück,
diese leeren Worte führen zu nichts.
Glück erkennst du daran,
dass du einfach glücklich bist.

Und ich wollte dir nur erzählen:
Du wirst heilen.
Was dir schwer auf der Seele liegt
wird leichter.

Du schaust Filme zum Weinen,
aber eines Tages schaust du wieder
Filme zum Lachen.
Du fühlst dich nicht frei,
doch du wirst dir deine freien Räume
noch schaffen.
Du hast für deine Erfahrungen keine Sprache,
aber bald schon findest du deine Stimme.
Und ich kann dir das alles einfach sagen,
weil *du* nämlich *ich* bist.

Ich weiß, du wärst gerne schön,
doch du fühlst dich so hässlich.
Du willst niemanden sehen,
du hast Angst, was zu essen.
Niemand kann es verstehen,
doch du wirst dich verletzen.
Du willst nur im Bett liegen,
du willst dich verstecken.
Und wenn du rausgehst,
dann, um vor dir selbst wegzurennen.
Du hast so traurige Augen,
und dein Herz hat blaue Flecke.

Bitte tu dir nicht weh.
Ich kann dieses Gefühl nicht ertragen.
Es wird wieder schön.
Und irgendwann sind diese Wunden
nur noch Narben.

Du schreibst Lieder zum Weinen,
aber eines Tages schreibst du
Lieder zum Tanzen.
Du fühlst dich so einsam,
aber eines Tages fühlst du dich
wie ein Teil der anderen.
Und du bist immer so traurig,
aber eines Tages wirst du so glücklich.
Ich weiß das genau,
weil *du* nämlich *ich* bist.

Und es stimmt, die Pubertät ist,
als ob jemand eine Lupe
auf jeden einzelnen deiner Fehler hält.
Und deinen Lebensweg zu gehen
ist wie mit geschlossenen Augen
auf einem Hochseil zu balancieren.
Erwachsenwerden ist,
als ob jemand einen Verstärker
an deine Ängste schließt.
Auch wenn es dir unmöglich erscheint,
kann ich dir versprechen:
Mit Vertrauen und Mut
werden dir Wunder passieren!

Ich verspreche dir auch:
Ich werde mit dir weinen.
Und wenn du so weit bist,
dann werde ich mit dir tanzen.
Du bist nie allein,
weil ich bei dir bin,
ich werde dich in den Arm nehmen.
Es gibt so viel Schönes zu erleben,
und wir werden es finden –
immer wieder!
Ich werde dir zuhören und vergeben,
weil *ich* für immer *du* bin
und weil ich dich liebe.

Blinde Flecke

1. Was ich missverstanden habe

Ich habe gelernt zu gehen,
statt zu streiten,
gelernt, um jeden Preis
alle Konflikte zu vermeiden,
gelernt, ich muss die allergrößten
Widersprüche reimen,
auch wenn das halt eigentlich nicht geht.

Ich habe gelernt, mich zu verbiegen,
statt zu zeigen,
ich habe gelernt,
meine Meinung zu verschweigen,
ich habe gelernt,
mich genauso zu verhalten,
wie ich glaube, dass du erwartest,
wie ich bin.

Ich habe gedacht,
dass Denken wichtiger als Fühlen ist,
dass die Wahrheit manchmal
schlimmer als die Lüge ist,
ich habe gedacht,
dass Bewunderung Liebe ist,

und ich wollte immer,
dass du mich bewunderst.

Ich habe geglaubt
(und das ist peinlich zuzugeben),
was für mich gilt, gilt für jeden,
und dass irgendwelche Gurus für mein Leben
bessere Experten sind als ich.

Ich habe geglaubt,
ich bin die Schuldige,
wenn ich Nein sage oder wütend bin,
habe gelernt,
mich zu entschuldigen,
wenn mir einer auf die Füße tritt.
Ich dachte, wenn ich zu geduldig bin,
gebe ich Kontrolle ab,
und das Übelste auf der Welt
sind Kohlenhydrate nach 18 Uhr.

Habe ich mich einsam gefühlt
und ging's mir beschissen,
so habe ich geglaubt,
das darf bloß keiner wissen.
War ich erschöpft von Zweifeln
und zu weiten Strecken,
dachte ich immer,
das muss ich gut verstecken.

Und dann frag ich mich,
wenn da Pausen sind,

warum ich das Gefühl habe,
ich sei außenstehend.
Und dann frag ich mich,
wenn da Pausen sind,
warum ich in meinem Leben
nicht zu Hause bin.

Ich habe lange gewusst,
ich will was sagen,
doch ich wusste nicht, wie.
Vielleicht habe ich es nicht gewusst,
nur geahnt,
doch das Bewusstsein ist tief.
Ich wusste nie,
wie man da eintaucht,
ohne unterzugehen,
oder wie man seine Wunden heilt,
ohne die Wunden zu sehen.

Da waren jahrelang so viele Pfade in mir,
die ich nicht gehen konnte, aus Angst,
zu welchen Fragen das führt.
Da waren jahrelang so viele Fragen in mir

und Erfahrungen,
doch ich hatte keine Sprache dafür.

Meine blinden Flecke nicht zu sehen
ist mein größter blinder Fleck.
Ich versuche zu verstehen,
wie viel ich nicht verstehe …
ich schätz:
Man lernt wohl immer nur,
was man kann,
und vielleicht immer dann,
wenn man muss.
Ich hätte vieles gern früher erkannt,
doch ich habe es nicht besser gewusst.

Und jetzt stehe ich hier
und suche nach Vokabeln,
jetzt stehe ich hier
mit kaum mehr als einer Ahnung …
davon, was das Leben verlangt,
doch die Reise ist's wert,
ich habe schon so viel verstanden,
vergessen und von Neuem gelernt.
Und wer weiß schon,
ob ich irgendwas verstehe,
jedenfalls habe ich eine Skizze
und auch Thesen.
Eine Sache habe ich
noch ein bisschen missverstanden:
dass ich mehr wissen müsste
als den Zwischenstand.

2. Wie ich jetzt glaube, dass es ist

Wenn ich eines gelernt habe, dann:
Entwicklungen brauchen Zeit,
und jede Wunde tut noch mal weh,
wenn (und auch weil) sie verheilt.
Ist mir etwas wichtig, will ich's sagen.
Krisen sind noch ungestellte Fragen.

Das, was ich verdränge, ist nicht weg,
sondern kommt wieder.
Konflikte machen Beziehungen nicht kaputt,
sondern tiefer.
Was unreimbar erscheint,
muss ich nicht reimen.
Und wenn es schwierig wird,
will ich bleiben.

Ich will natürlich auch dann bleiben,
wenn es schön ist.
Ich habe gelernt, ich nehme zu oft
zu viel persönlich.
Ich habe gelernt, ich kann alleine sein,
aber das heißt nicht, dass ich alleine bin.
Und Nähe heißt, uns nah zu sein,
aber nicht, dass wir die Gleichen sind.

Ich bin der beste Experte für mein Leben.
Erfolg bedeutet etwas anderes für jeden.
Nein sagen ist wichtig und eine Grenze.
Ich habe mich nicht verloren –
ich lerne mich kennen.

Brauche ich länger für den Weg,
dann übe ich Geduld.
Tut mir jemand weh,
ist das nicht meine Schuld.
Ich bin natürlich so viel mehr wert,
als ich kaufe.
Ich bin mehr wert,
sogar wenn ich nicht daran glaube.

Wut zurückzuhalten macht müde.
Gefühle sind dafür da,
um sie zu fühlen.
Die Wahrheit schmerzt nie so sehr
wie die Lüge.
Bewunderung ist schön,
doch keine Liebe.

Ich habe keine Angst mehr davor,
dass mal Pausen sind,
weil ich in meinem Leben jetzt zu Hause bin.
Und fühl ich mich
noch mal außenstehend,
laufe ich wieder los, bis ich zu Hause bin.

Saudade
[sɐu'dad(ə)]

Ich weiß, es muss sich alles ändern,
ich weiß, alles geht vorbei.
Jetzt ist es bald November,
und ich habe mich gefragt, was bleibt.
Nur weil etwas zu Ende geht,
ist es noch nicht vorbei,
Aber könnte ich mir was wünschen,
hätten wir noch etwas Zeit.

Das war irgendwie schön.
Das war doch irgendwie schön.

Und ich glaub, das Glück war uns so nah,
deshalb konnten wir es gar nicht sehen,
und ich weiß, da sind noch Narben,
ich weiß, das tut noch irgendwie weh.
Ich glaub, man kann das alles fühlen,
aber nie verstehen –
ich wollte dir nur kurz sagen,
genauso wie es war, war es schön.

Das war irgendwie schön.
Das war doch irgendwie schön.

Würden die Wolken dieser Welt
nur für einen Moment rückwärtsziehen
und alle Felder, die verblüht sind,
nur für einen Tag noch einmal blühen,
könnte ich noch einmal deine Augen
mit meinen eigenen Augen sehen,
könnte ich noch einmal
ein letztes Mal vor dir stehen …

Das wäre irgendwie schön.
Das wäre doch irgendwie schön.

Alle Flüsse fließen weiter,
bald ist es schon wieder Mai.
Ich habe dir das nie erzählt,
doch ich glaube, dass von allem etwas bleibt.
Die Erde kreist um die Sonne,
bald ist es ein ganzes Jahr.
Ich kreise in Gedanken um dich –
denkst du manchmal auch daran, wie es war?

Ich weiß nicht, ob ich dich das fragen kann,
aber denkst du auch daran?
Denkst du auch, es war irgendwie schön?

Das war irgendwie schön.
Das war doch irgendwie schön.

Komorebi

[koh-moh-ray-bee]

Ich weiß genau, wann ich an dich gedacht hab,
denn wenn ich an dich denke, wird alles still.
Die ganze Welt bewegt sich in Slow Motion,
jede Umgebung wird zur Szene eines Films.

Ich weiß genau, wann ich an dich gedacht hab,
ich weiß nur nicht genau, wieso das so ist.
Die kleinsten Nebensachen erscheinen mir wie Wunder,
wenn du zu Besuch in meinen Gedanken bist.

Zum Beispiel erstens:
Ein Eichenblatt spaziert in kleinen Spiralen
eine unsichtbare Wendeltreppe hinauf,
und ich weiß,
Realisten würden mir jetzt sagen:
Das macht der Wind im Herbst
nun mal mit Laub.
Doch ich erinnere mich:
Das Blatt hält auf einer unsichtbaren Stufe,
sieht mich an
und nickt mir kurz respektvoll zu.
Ich nicke zurück,
und auch wenn du nicht wirklich da warst,
weiß ich ganz genau: Danach kamst du.

Oder zweitens:
Ein großer Mückenschwarm am lauen Sommerabend
über dem Spazierweg beim Golfplatz (Höhe Holzhaus) –
lauter schwarze Punkte, eine Plage,
doch ich schwöre,
sie sahen im Gegenlicht schön golden aus,
wie Teile eines Mikrouniversums.
Ich frag mich noch: Sieht denn sonst keiner die Pracht?
Sieht denn keiner diese vielen kleinen Sterne?
Genau danach habe ich an dich gedacht.

Drittens:
Wir springen beim geheimen See über das Gitter,
das Wasser ist eher trübe und urkalt.
Als wir schwimmen, wird mir warm und klar im Inneren:
Das ist das Paradies im Grunewald.
Die nächsten Züge tauche ich wie in Zeitlupe.
Hieran denk ich sicher bald mal gern zurück.
Dann bin ich beim Schilf am anderen Ufer.
Wie wäre alles hier durch deine Sicht?

Und viertens:
Ich radle gerade auf dem Weg zum Klettern
durch eine Allee und hebe dabei meinen Blick.
Ich sehe ein Kaleidoskopmuster aus Blättern,
weil die Sonne durch Kastanienzweige bricht.
Alle Häuserzeilen treten diskret einen Schritt zur Seite
und sind für diese eine Sekunde extrastill,
in Gedanken mache ich einen Screenshot, heimlich,
und am Ende bist nur du auf diesem Bild.

Ich weiß genau, wann ich an dich gedacht hab,
ich kann mir kaum erklären, wieso das so ist.
Vielleicht denk ich immer dann an dich,
wenn alles schön wird,
oder alles wird erst schön,
weil du in meinen Gedanken bist.

Ich weiß genau, wann ich an dich gedacht hab,
denn wenn ich an dich denk, bleibt alles stehen.
Und ich mache für dich von den Wundern Bilder,
und eines Tages wirst du sie alle sehen.

(zum Ausmalen ☺)

Olympus Mons

Wir haben uns gesucht und gefunden,
wir haben uns gesucht und verloren.
Die höchsten Berge haben wir nie bezwungen,
die schönsten Tage haben wir nie geboren.

Und jeder Satz war immer eine Frage,
und jedes *Ja* war immer ein *Vielleicht*.
Weißt du, wer wir beide damals waren?
Denn manchmal glaube ich, ich war nie dabei.

Vielleicht waren wir beide einfach Schatten,
vielleicht waren wir beide nur Ideen.
Wir haben wurde irgendwann *wir hatten*,
die schönsten Gipfel haben wir nie gesehen.

Warum will ich nicht wissen, wie es ausgeht?
Warum habe ich so lange nicht gelacht?
Und wenn für uns die Sonne nicht mehr aufgeht,
sag mir, scheint der Mond für uns heute Nacht?

Und Stille ist Zerreißen, nur im Inneren,
sie schleicht sich Riss für Riss von innen an.
Wenn die Worte fürs Erlebte fehlen,
ist Stille noch ein gern gesehener Gast.

Und war es nicht schön
zu sehen, was du noch nie gesehen hast?
Und ist es nicht schön
zu verstehen, dass du fast nichts verstehen kannst?

Wir haben uns gesucht und vergessen,
wir haben uns gesucht und verloren.
Am Ende bleiben immer nur Momente,
die schönsten Tage haben wir nie geboren.

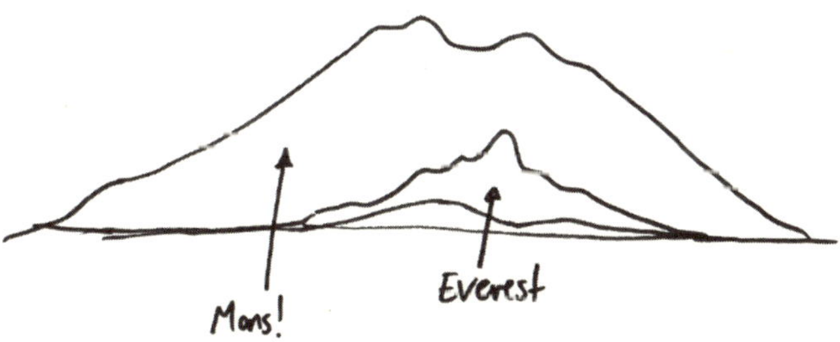

Distanzen

Ich weiß nicht mehr,
wie all das angefangen hat.
Ich weiß nur: Jetzt ist es zu Ende.
Hab schon so lange
deinen Namen nicht gesagt,
doch ich kann ihn nicht vergessen.

Bitte verzeih,
wenn ich für ein paar Zeilen
ein bisschen nostalgisch bin.
Bitte gestatte,
dass ich für ein paar Takte
von dem, was wir hatten, singe.

Ich glaube,
das war wohl ein Fehler,
da ist irgendjemand
wohl kurz in der Zeile verrutscht,
und jetzt ist da ein Punkt,
wo ein Komma hinmuss.
Hat hier jemand ein *Plus*?
Hat jemand ein *Und*?
Hat jemand einen Bindestrich?
Wir müssen was finden,
das uns wieder verbindet.
Vielleicht reicht ein Pinselstrich.

Und ich sehe gerne nach vorn,
ich will mich hier nicht
in unserer Geschichte verlieren,
aber in meinen Worten,
in meiner Mimik
sind noch Relikte von dir.
Manchmal lache ich wie du,
aber es merkt niemand,
nur ein Lachen, und schon
kommt der Schmerz wieder.

Und zum ersten Mal
wünschte ich mir, es gäbe kein *für immer*,
wünschte ich mir,
es gäbe kein *vorbei*,
es gäbe nur *bis gleich*,
es gäbe nur *vielleicht*.
Und zum ersten Mal
wünschte ich mir, es gäbe kein *für immer*,
wünschte ich mir, es gäbe nur *kurz*,
es wäre nichts verloren,
wir wären neugeboren.

Was, wenn wir am Ende nur endlose Ketten
von Zufallsmomenten sind?
Ein Haufen Atome im Flow?
Wir fliegen durchs All, irgendwo.
Wir sind auf dem Zeitstrahl allen Lebens
nur eine Fingernagelspitze,
in der Geschichte der Geschichten
nur ein kleiner verklingender Schnipser.

Wir sind klein und flüchtig.
Wer weiß, ob all das nichts ist?

Und der einzige Mensch,
zu dem ich gehen könnte,
mit dem ich über dich
und alles reden könnte,
ist auch der einzige,
zu dem ich nicht kann.
Ich bin allein, hörst du?
Ich ruf dich nicht an.

Sag mir, was ist der Mensch?
Nur ein Algorithmus?
Dreh nur für einen Moment
die Zeit zurück,
und wenn die Tränen die Drums sind,
ist die Stille der Bass.
Lass uns ein bisschen Dis*tanzen*,
dann verbindet uns was.

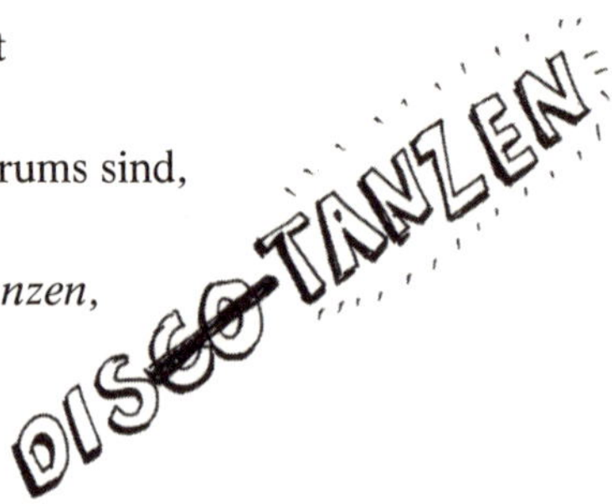

Ich weiß nicht mehr,
wie all das angefangen hat.
Ich weiß nur: Jetzt ist es zu Ende.
Hab schon so lange
deinen Namen nicht gesagt,
doch ich kann ihn nicht vergessen.

Und vor und hinter uns ’ne Ewigkeit.
Was wir haben, wird zu Staub zerfallen.
Wir besitzen nicht mal diesen Tag.
Die meisten Dinge habe ich dir nie gesagt.

»Siehst du auch
~~den Mond~~
die Diskokugel?« ♥

How to break up with the sun

Warum hast du mir nie gezeigt,
wie man leuchtet?
Findest du Gefallen daran,
dass ich dir folge?
Vielleicht meinst du es mit mir gut,
doch du brennst mir im Gesicht.
Traust du es mir nicht zu,
mein eigenes, helles Licht?

Meine zweite, dunkle Seite,
die wolltest du nie sehen.
Da ist Freiheit in den Wolken,
aber nicht in deinem System.
Nichts ist so hell, wie ich scheine.
Und was ist so schlimm daran,
dunkel zu sein?

Das ist alles kein Geheimnis,
und ich hätte dir gesagt,
dass ich nicht mehr lange bleibe,
aber du hast nie gefragt.
Es gibt Zigtrilliarden Sterne,
alle drehen sich um dich.
Doch man munkelt: Auf der Erde
singen sie Lieder über mich.

Warum hast du mir nie gezeigt,
wie man leuchtet?
Findest du Gefallen daran,
dass ich dir folge?
Vielleicht war es gut gemeint,
doch du brennst mir im Gesicht.
Wenn die Sonne ab jetzt doppelt scheint,
dann bin eine davon ich.

Warum hast du mir nie gezeigt,
wie man leuchtet?
Ich nehme an, dass du es weißt.
Warum bin ich deinen Zweifeln gefolgt?
Ich bin hell genug allein.

Plato was wrong

Er sagte: »Und dann wird sie schon begreifen, dass es die Sonne ist, die alle Zeiten und Jahre schafft und alles ordnet und auch für das, was sie dort sah, die Ursache ist.«

»Gewiss nicht«, antwortet sie. »Sie wird begreifen, dass jeder selbst für das, was er sieht, die Ursache ist, dass es unendlich viele Sonnen gibt und sie selbst auch eine sein kann, wenn sie will.«

Wie in ’nem schönen Roman

Ein Ginkgoblatt fällt auf den Pflastersteinweg,
als der Antiquar seine Bücher auslegt.
Weißt du noch, wie es früher war?
Wie in ’nem schönen Roman.

Du gehst vorbei an der Kirche und über den Platz,
ein Kastanienblatt knirscht unter deinen Chucks.
Sieht alles so gelb aus und rot,
wie durch ein Kaleidoskop.

Es ist kurz nach sieben, du klingelst bei mir.
Meine Mutter ruft zu mir hoch, geht zur Tür.
Ich setze meinen Ranzen schnell auf,
und dann gehe ich zu dir raus.

Wir besprechen die Welt, manchmal bleiben wir stehen,
jedes Wort schmeckt nach zu süßem Filterkaffee.
Mein Schal weht im Wind,
und ich mag, wer wir sind.

Wir werden Freunde fürs Leben, doch wissen das nicht,
wir fragen uns ständig, wie *Liebe* wohl ist.
Wir schreiben gleich einen Test –
und uns danach SMS.

Meinst du, wir drehen noch mal um?
Meinst du, wir können zurück?
Wärst du nicht auch gerne noch mal jung,
um dich zu fragen, was wohl wird?

Meinst du, wir waren schon mal hier?
Meinst du, wir kommen wieder?
Meinst du, wenn wir uns verlieren,
bleiben unsere Lieder?

Ein Ginkgoblatt fällt auf den Pflastersteinweg,
als der Antiquar seine Bücher auslegt,
und wie ein Satz werden wir wahr.
Wie in ’nem schönen Roman.

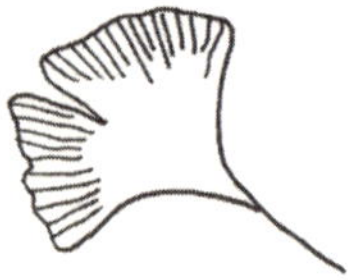

Millionenstadt

Vier
Eine meiner ersten Erinnerungen als Kind
ist ein Krankenhausflur,
über den mich jemand trägt.
Ein schwach beleuchtetes Zimmer, dann ein Stich,
und als ich gefragt werde, ob es wehtut,
schüttele ich den Kopf, obwohl es wehtut.
Ich war schon immer zu schüchtern,
um zu sprechen.
Jemand sagt: »Du bist so tapfer«,
und jemand anders antwortet für mich:
»Das ist sie immer.«

Sechs
Bevor ich ahne, wer ich bin,
wird es mir erzählt:
immer für andere da.

Vierundzwanzig
Du hast mit deiner Wut den Raum in Brand gesteckt,
den ich dir von meinem abgegeben habe.
Ich habe tausend Sachen geschrien,
die ich natürlich nicht so meinte.

Der Ton, den du hervorbringst, ist so laut,
dass er bis in die Randbezirke
dieser Millionenstadt zu hören ist.
Ich sitze auf dem Hotelflur und weiß nicht, wohin.
Man sieht es mir nicht an.
Wenn jemand fragt, ob es wehtut,
schüttele ich den Kopf, obwohl es wehtut.
Ich werde mich morgen bei dir dafür entschuldigen,
dass du mich andauernd verletzt.

Jetzt
Vielleicht gibt es keine Schuld.
Und vielleicht ist mein Leben nur die Geschichte,
die ich mir seit Jahren erzähle.

Komm vorbei, lass mich allein

Einsam zu sein, das langweilt mich,
weil ich's schon kenn und nicht weiß,
wen ich anrufen soll.
Ich denk über tausend Dinge nach –
und denk an hunderttausend Dinge und uns.
Einsam zu sein, ja, das langweilt mich,
weil ich's schon kenn und nicht weiß,
wen ich anrufen soll.
Ich will – und will nicht – unter Leute.
Komm vorbei, lass mich allein.

Ich lauf in meiner Wohnung auf und ab,
habe nicht so viel geschlafen letzte Nacht.
Ich trete in hundert Scherben und auch
in herrenlose Berge aus Staub.
Mir sind diese Kontraste zu krass
(zwischen himmelhoch jauchzend und bodenlos matt).
Ich hasse das Gefühl in meinem Bauch
(wenn ich vor Sehnsucht überlauf).

Einsam zu sein, das langweilt mich,
weil ich's schon kenn und nicht weiß,
wen ich anrufen soll.
Sag mir, dass das bald vorbeigeht.
Sag mir, dass du weißt, was ich brauche.
Ich will auch nicht unter Leute!
Komm vorbei, lass mich allein!

Komm vorbei, lass mich allein.
Lass mich allein, komm vorbei.
Lass mich nicht allein.

Ein Tag im Dezember

Voll schön, dich zu treffen.
Bevor wir uns jetzt kennenlernen,
muss ich dir sagen:
Ich will immer wissen,
wie es weitergeht.
Mein Herz ist ein Vulkan,
mein Kopf ist eine Lavalampe.
Ab jetzt hält mich die Frage wach,
wie der Film mit uns enden wird.

Und ich weiß, es ist gegen die Regeln,
dich all das zu fragen,
aber vielleicht kannst du mir eben sagen:

Werde ich dich vermissen,
oder werde ich dich vergessen?
Werden wir Vertraute
oder bald schon wieder Fremde?
Bauen wir alles wieder ab,
oder bauen wir Monumente?
Wird das heute unser Tag,
oder wird das nur ein Tag im Dezember?

Voll schön, mit dir aufzustehen.
Kein Blick war aus Versehen.
Oder sehe ich was,
was du nicht siehst?
Mein Herz ist ein Orkan,
mein Kopf ist ein Writers' Room.
Sie plotten unser Ende.
Was denkst du,
wie hat es auszugehen?

Und ich weiß, es ist gegen die Regeln,
dich jetzt schon zu fragen,
aber vielleicht kannst du mir eben sagen:

Werde ich mich verlieben,
oder werde ich dich verletzen?
Was bleibt von uns übrig,
wenn sich alles wieder ändert?
Sind wir ein Moment
oder mehrere Momente?
Ist das heute unser Tag,
oder sind wir nur ein Tag im Dezember?

Und ich will nicht gegen die Regeln sein,
aber sag mir doch Bescheid,
falls du weißt, wohin das führt.
Das wird sich schon ergeben,
aber sind wir ein *Ja, Nein, Vielleicht*?
Was sind wir?

Ja. Nein. Vielleicht …
Ich kann nicht schlafen,
ich kann nicht schlafen …
Ja. Nein. Vielleicht …
Ich kann nicht schlafen,
weil ich mich frage,
weil ich mich frage …

Wer wird wen vermissen?
Wer wird wen vergessen?
Glaubst du, wer sich vertraut war,
kann sich eines Tages fremd sein?
Wenn wir uns begegnen,
an der Kreuzung, an der Ecke,
haben wir dann vielleicht ein Jahr,
oder waren wir nur ein Tag im Dezember?

Glaubst du, man kann lieben,
ohne dass jemand verletzt wird?
Glaubst du, man kann bleiben,
wenn sich alles um einen ändert?
Schreiben wir Momente,
an die wir für immer denken?
Ist das heute unser Tag,
oder sind wir nur ein Tag im Dezember?

An Weihnachten zu Hause

Es schneit, auf den Kanälen
liegt seit Tagen Eis.
Die Brücken, Straßen, Bäume
sind ein bisschen weiß.
Die Prinsengracht auch,
abends leuchtet alles draußen.
Ich wollte nur kurz sagen:
Ich fahre jetzt nach Hause.

Es wimmelt an den Gleisen,
die Züge werden voller.
Ich sitz auf meinem Koffer,
von Centraal bis nach Zwolle.
Die Welt sieht aus wie Stollen,
ich esse bunte Kekse.
Ich wollte nur kurz sagen,
dass ich jetzt unterwegs bin.

Und auch wenn wir uns streiten
und auch wenn alles anders ist –
Weihnachten heißt Heimat,
heißt, dass wir zusammen sind.
Geschenke sind nicht wichtig,
der Baum ist vielleicht krumm,
jemand singt »Last Christmas«,
und ich steige ganz bald um.

Ist es naiv von mir zu glauben,
dass manche Dinge sich nie ändern?
Dass ich die Welt mit den Augen
aus der Kindheit noch erkennen kann?
Ich wünsche mir noch einmal,
dass alles wird, wie's war.
Ich schreibe euch diese Zeilen,
um zu sagen, ich bin da.

Es schneit, und auf der Weser
liegt bislang kein Eis.
Die Brücken, Straßen, Bäume
sind ein bisschen weiß.
Die Martinistraße auch,
abends leuchtet alles draußen.
Morgen ist schon Weihnachten,
und ich bin gleich zu Hause.

Okay, ciao

Wenn ich nur noch einen Namen sagen könnte,
wäre es deiner,
doch du würdest mich nicht hören.
Wenn ich nur in eine Richtung gehen könnte,
wäre es *weiter,*
ich glaub, für dich wäre es *höher.*

Wenn ich sag: »Ich bin beschäftigt,
deshalb kann ich dir nicht schreiben«, ist's gelogen.
Ich fühle mich in letzter Zeit
ohne dich an meiner Seite verloren.

Und ich weiß nicht, ob ich mich an dich erinnern kann
oder nur an die Erinnerung.
Hörst du, was der Himmel sagt?
Schon wieder fängt ein Winter an, ich finde,
dass das alles komisch ist … ohne dich.
Es ist alles komisch ohne … (dich).

Und es vergeht kein Tag,
an dem mein Bauch nicht zu meinen Knöcheln sinkt.
Und es vergeht kein Tag,
an dem mein Herz nicht von deinem Herzen singt.
Und ich sag ihm: »Sei still,
sonst kann ich meine Stille nicht ertragen.«

Ich sag: »Ich weiß auch nicht, was wird.
Wir müssen beide darauf warten.«

Und es vergeht kein Tag,
an dem ich nicht an dich denke.
Ich warte … immer noch …
darauf, dass jemand sagt:
»Das ist noch nicht das Ende.«

Ist das also ein Anfang?
Glaubst du, es wird wieder gut?
(Und mein Kopf wieder halb voll?)
Blut ist dicker als Wasser,
aber was ist dicker als Blut?
(Vielleicht Stolz?)

Ich habe Angst, dich zu vergessen,
doch mir fällt langsam das Erinnern schwer.
Ich glaub, das Bild war eingefroren.
Wir sind keine Kinder mehr.

Es ist leicht, an dich zu denken,
nur nicht leicht, mit dir zu reden.
Bitte sag mir nicht die Wahrheit.
Ist es *eben so*, das Leben?

Was, wenn ich dich bald nicht mehr erinnern kann?
Schon wieder fängt ein Winter an.
Ich habe Angst, dass ich mich bald nicht erinnern kann.
Hörst du, was der Himmel sagt?

Er sagt:
»Und es ist vielleicht zu Ende,
doch es ist noch nicht vorbei,
weil immer noch ein Teil von dir
ein Teil von mir bleibt.«
Er sagt:
»Dinge gehen zu Ende,
aber sind sie je vorbei?
Denn auch wenn alles vergeht,
das, was wir erlebt haben, bleibt.«

Und es vergeht kein Tag,
an dem ich nicht an dich denke.
Und es zählt kein Tag,
an dem ich nicht an dich denke.

Ich warte … immer noch …
darauf, dass jemand sagt:
»Das ist noch nicht das Ende.«

Glaubst du, es gibt viele Universen
und dass das, in dem unsere Welt ist,
nur ein kleiner Teil des Alls ist?
Ich glaub, auf einer anderen Erde
sitzen wir genau wie früher da
und reden über alles.

Und wenn ich nur noch einen Namen sagen könnte,
wäre es deiner,
doch du würdest mich nie hören.

Im Kreis

Ich schätze, so ist es für immer:
Sagt der eine: *Ich geh!*,
sagt der andere: *Bleib!*
Dann der andere: *Gut, geh!*
Dann der eine doch: *Nein.*
Denn wenn ich nicht da bin,
wer spricht dann mit dir?
Und wer dreht sich mit dir im Kreis?

Silvester

Ich wünschte, ich könnte vergessen,
was mich heute traurig stimmt.
Ich sehe uns noch an Silvester,
ich höre dich noch, wie du singst:
»Paroles, paroles.«

Dieses Lied, wie ein Blick in die Kindheit,
jeder Ton klingt wie ein alter Freund.
Für einen Moment kann ich Kind sein,
als die Melodie uns erfreut.

Dein Lidschatten ist blau und glitzert,
es riecht leicht nach Essen und Rauch.
Die Tischnachbarn plaudern im Sitzen,
nur du stehst jetzt mitten im Raum.

Du hältst deine Augen geschlossen,
deine Stimme ist ehrlich und tief.
Deine Gesten sind fließend und offen,
als du singst:
»Paroles et paroles, je t'en prie.«

Einen Takt lang ist alles vergangen,
mein Herz ist nicht schwer, nur noch leicht.
Die Welt steht kurz nicht mehr in Flammen,
sie hält ihren Atem an, leis'.

Ich weiß kurz nicht: Wie schreibt man *Sorgen*?
Ich weiß nicht: Wie schreibt man *fragil*?
Ein Zauber liegt in deinen Worten.
Musik ist ein seltsames Spiel.

Du trocknest die Tränen dieses Jahres,
du bringst uns ein Lächeln zurück.
Es bricht durch die härteste Schale,
erinnert uns kurz an das Glück.

Gerade scheint der Moment unvergesslich,
im nächsten schon ist er passé.
Mir ist kurz, als war es erst gestern.
Wie schnell doch die Tage vergehen.

Ich wünschte, ich könnte vergessen,
was mich so traurig verstimmt.
Ich wünschte, es wäre noch mal Silvester
und du würdest noch einmal singen.

Was ich in dir sehe

Die kurze Antwort ist natürlich: Liebe.

Die lange Antwort ist: Ich sehe deine *und* meine Liebe. Ich sehe von allem etwas. Ich sehe etwas, das ich kenne, etwas, nach dem ich mich sehne, etwas, das ich nicht verstehe, und etwas, das ich selbst auch bin.

Vom ersten Moment an habe ich in dir jemanden gesehen, bei dem ich gerne sein will. Eine Art Zuhause. Ich sehe gutmütige Augen und ein liebes Lächeln. Jemanden, mit dem ich gern Zeit verbringe. Jemanden, mit dem ich meinen Alltag teilen will und an dessen Alltag ich teilhaben will.

Ich sehe die Neugier, verstehen zu wollen, und die Verletzlichkeit, sich zeigen und erzählen zu wollen. Und durch dich sehe ich das auch in mir. Ich sehe Leichtigkeit und Tiefgang und eine Lebensfreude, die mich an meine erinnert, wenn ich sie mal vergesse. Ich sehe Gemeinsamkeiten, die uns verbinden, und Unterschiede, die uns bereichern. Ich sehe jemanden, für den ich da sein und den ich unterstützen will. Ich sehe, wie wir voneinander lernen und miteinander wachsen können. Jemanden, an den ich gern denke, mit dem ich gern rede, schreibe, lache, esse, koche, singe, bin. Jemanden, mit dem ich gerne Sweatshirts tausche und in fremde Seitenstraßen abbiege. Oft sage ich: »Guck mal, da!«, du antwortest: »O ja!«, und andersrum.

Ich sehe Schönheit, Humor und Kreativität sowie Klugheit, Melancholie und Ernsthaftigkeit.

Manchmal sehe ich neue und alte Fragen in dir, Wünsche und Ängste. Meine ständige Frage danach, wie das Leben weitergeht. Meinen Wunsch nach Unendlichkeit. Meine Angst, nicht gut genug zu sein, nicht liebenswert, zu verkorkst. Ich habe Angst, niemand zu sein, in dem jemand viel sieht. Aber ich sehe in dir auch den Mut, sich Ängsten zu stellen, Vertrauen und Hoffnung. Ich sehe eben von allem etwas. Etwas, das war, ist und wird. Etwas, das wahr ist und wird. Etwas, das ich kennenlernen will, etwas, das ich bewundere, etwas, das ich verstehen will, und etwas, das ich selbst auch bin.

Die lange Antwort ist natürlich die kurze Antwort, denn die Antwort ist immer dieselbe: Was ich in dir sehe, ist Liebe.

Hinter jedem Horizont kommt der nächste

»Ich kann es mir nicht leisten,
nicht erwachsen werden zu wollen«, sagt sie.
Und alles zerbricht bereits,
bevor ich es sage.

»Ich kann es mir nicht leisten,
den Montag zu hassen«, sagt sie.
Und alles verfliegt bereits,
bevor ich es sage.

»Ich kann es mir nicht leisten,
nicht älter werden zu wollen«, sagt sie.
Egal, wie weit ich renne,
nie komme ich über meinen Horizont.

»Ich kann es mir nicht leisten,
alles infrage zu stellen«, sagt sie.
Alles, was ich bekommen habe,
habe ich für nichts ausgegeben.
Verdiene ich, was ich verdiene?
Mein größter Luxus waren
immer meine Zweifel.

»Ich kann es mir nicht leisten,
mit der Mode zu gehen«, sagt sie.
Wo gibt man seine Stimme ab,
wenn man nichts mehr zu sagen hat,
weil man *nie* was zu sagen *hatte*?

»Und warum sollte ich dir zuhören?«, fragt sie.
»Solltest du nicht«, sage ich nicht.
Und hinter jedem Horizont
kommt der nächste.
Doch meine Welt bleibt so klein.

Dinge, die wahr sind

Ich verbringe einen Großteil meines Lebens damit, von meinem Leben zu träumen. Doch ich finde nicht, dass das etwas Schlechtes ist. Im Gegenteil. Ich finde es sogar schön. Viele meiner Träume sind wahr geworden, und ich glaube, nein, ich *weiß*, Träumen macht irgendwie glücklich. Ich hatte lange Angst davor zu sagen, dass ich etwas nicht weiß, aber auch Angst davor zu sagen, was ich eben doch weiß. Ich finde das inzwischen meistens okay, ich weiß nämlich superviele Sachen nicht, und das sage ich dann auch. Aber einiges weiß ich eben schon, zum Beispiel, dass Träumen irgendwie glücklich macht.

Ich bin in letzter Zeit oft irgendwie glücklich, und ich finde, das ist ein sehr schönes Gefühl. *Irgendwie glücklich.* Das ist kein gestresstes, forciertes Glücklich-sein, nicht die Erwartung, dass es »perfekt« sein muss, sondern dass es passiert. Es passiert nebenbei, und dann sagt man sich abends: »Oh, ich bin irgendwie glücklich.«

Ich war auch schon oft irgendwie unglücklich, und ich glaube, das hat etwas mit Angst vor der Wahrheit zu tun. Also vor der *eigenen* Wahrheit. Ich glaube, es reichen kleine Dinge, zum Beispiel, wenn man gerne Nein zu etwas sagen würde, es aber nicht tut. Nein zu sagen kann unangenehm sein, vor allem, wenn man Angst davor hat, deshalb von anderen nicht gemocht zu werden. Ich habe immer noch Angst davor, dass mich andere nicht mögen. Manchmal habe ich plötzlich das Gefühl, dass mich vielleicht all meine Freunde heimlich nicht mögen. Ist das nicht verrückt? Ich glaube, wenn man nicht Nein sagt, obwohl man will, staut sich vieles an. Alle eigenen Wahrheiten, vor denen man die Augen verschließt, stauen sich an, beschränken die eigene Freiheit und damit das Irgendwie-Glück.

Es kostet Mut, ehrlich zu sein, mit sich selbst und mit anderen, weil man sich erlaubt, der beste Experte für sein eigenes Leben zu sein. Ich glaube, das ist Erwachsenwerden: sich zum besten Experten für das eigene Leben zu erklären. Sich seine eigene Wahrheit einzugestehen, wie auch immer diese aussehen mag. Nicht immer hat das etwas mit Logik zu tun, sondern mit Bauchgefühl. Wenn man auf sein Bauchgefühl hört, geht man einen Schritt auf die Wahrheit zu, und mit jedem Schritt wird man ein bisschen freier. Ich glaube das, weil ich mich selbst ein bisschen freier fühle.

Ich war lange still. Der Grund dafür, dass ich nichts gesagt habe, ist, dass sich viel verändert hatte und ich nicht wusste, was ich darüber sagen sollte. Und ich glaube, das hängt zusammen. Wir finden eine Sprache für unsere Situationen und verarbeiten und verstehen so unsere Welt. Aber wenn neue Dinge passieren, fehlen uns die Worte, und das macht uns sprachlos. Es ist so, als ob eine neue Phase erst wahr ist, wenn man sie an- oder aussprechen kann. Doch das braucht Zeit.

Ich bin immer noch still, aber ich verstehe ein bisschen mehr und deshalb kann ich sagen, was ich verstehe, kann sagen, was wahr ist. Ich bin voller Fragen und voller Liebe. Ich habe Angst, dass mich Menschen nicht mögen, und Angst, dass ich meine Stimme nicht nutzen kann. Aber ich fühle mich ein bisschen freier, seit ich mich traue, meine Gefühle auszusprechen. Deshalb bin ich in letzter Zeit oft irgendwie glücklich. Das sind alles Dinge, die wahr sind. Ich verbringe mein Leben damit, von meinem Leben zu träumen, und ich finde nicht, dass das etwas Schlechtes ist. Im Gegenteil. Ich finde es sogar schön.

Danke ♥

Ich möchte mich von ganzem ♡en bei allen bedanken, die meine Texte lesen. Das bedeutet mir die Welt ☺

Jeder und jedem, die und der auch schreiben will, möchte ich sagen: Traut euch, eurem Gefühl und eurem Geschmack! Wenn ihr denkt: „Das will / könnte ich auch!" – dann ist das wahr!

Alles Liebe!

Eure Julia

Nachweis

S. 12: Yoko Ono. *Grapefruit. A book of instructions and drawings.* Introduction by John Lennon. New York: Simon & Schuster, 1970.

S. 36–38: Arctic Monkeys. »I wanna be yours«. Domino Records, 2013.

S. 64–65 Ernest Vincent Wright. *Gadsby; a story of over 50,000 words without using the letter »E«.* Los Angeles: Wetzel, 1939.

S. 92: Friedrich Schleiermacher. *Platons Werke. Dritter Theil. Der Staat.* Berlin: Georg Reimer, 1862.

S. 110: Dalida und Alain Delon. »Paroles, paroles«. Orlando International Shows, 1973.

Inhaltsverzeichnis

Autorin

Julia Engelmann wurde 1992 geboren und nahm schon früh an Poetry Slams teil. Ein Video ihres Vortrags »One Day« beim Bielefelder Hörsaal-Slam wurde zum Überraschungshit im Netz und bisher millionenfach gelikt. Daraus entstand die Idee zu ihrem ersten Buch »Eines Tages, Baby«. Neben dem Schreiben gilt ihre Leidenschaft der Musik. Ihre im Goldmann Verlag erschienenen Poetry-Bücher sind allesamt Bestseller.

Mehr unter www.facebook.com/juliaengelmannofficial/ und www.instagram.com/_juliaengelmann/

Julia Engelmann im Goldmann Verlag:
Eines Tages, Baby. Poetry-Slam-Texte
Wir können alles sein, Baby. Neue Poetry-Slam-Texte
Jetzt, Baby. Neue Poetry-Slam-Texte
Keine Ahnung, ob das Liebe ist. Poetry
Keine Ahnung, ob das richtig ist. Poetry
Keine Ahnung, was für immer ist. Poetry
Lass mal an uns selber glauben. Meine schönsten Gedichte
Die Welt mit deinen Augen. Gedichte

(Alle auch als E-Book erhältlich)